ATTENTION !

Afin de respecter l'œuvre, ce volume est présenté dans son sens de lecture original.
Vous êtes ici à la fin du volume. Commencez par la dernière page et lisez les bulles de droite à gauche.

Scénario et dessin

KAHO MIYASAKA

Traduction

ARNAUD TAKAHASHI

Lettrage

LARA IACUCCI

Directeur de l'édition française **ALAIN GUERRINI**. Comité de direction **A. GUERRINI, H. FUMET, S. DALLAIN**. Directeur délégué **SÉBASTIEN DALLAIN**. Directeur éditorial européen **MARCO M. LUPOI**. Responsable éditorial **WALTER DE MARCHI**. Responsable marketing opérationnel **MARJORIE TODRANI**. Chef des ventes **GUILLAUME COUÉ**. Coordinatrice commerciale **VALÉRIE BRYNDZA**. Contrôleur de gestion **JÉRÔME TASSEL**. Communication et relations presse **SOPHIE CONY**. Coordinateurs éditoriaux **MATTEO LOSSO, ANNA RODELLA**. Supervision **LAETITIA SAMMARTINO**. Rédaction **VÉRONIQUE PARRA, SANDRINE VAUBOIS**. Rédacteur **MATTIA DAL CORNO**. Directeur artistique **MARIO CORTICELLI**. Conceptrice graphique **SABRINA PIU**. Maquettiste **ALESSANDRA LUGLI**. Responsable production **ALESSANDRO NALLI**. Avec la collaboration de **J. BAGLIO, A. JODKOWSKI, MPG** et de toute l'équipe de Panini.

A ROMANTIC LOVE STORY 10

ISBN : 978-2-8094-1925-2

Un ouvrage PANINI MANGA / PANINI FRANCE S.A. Commercialisation et relations média : PANINI FRANCE S.A. - Z.I. SECTEUR D B.P. 62 - 06702 SAINT-LAURENT-DU-VAR CEDEX - www.paninimanga.fr - presse-bd@panini.fr - Tél. 04 92 12 57 57 / Fax 04 92 12 57 58.

Dépôt légal : juin 2011. PANINI MANGA est une marque déposée par PANINI FRANCE S.A. Impression : LITO 3 Arti Grafiche s.r.l., Pioltello (MI). Imprimé en Italie / Printed in Italy.

GALISM

Mayumi Yokoyama
Série en 6 volumes

Les trois soeurs **Ugajin** sont folles de joie : leurs parents quittent la maison ! En effet, papa et maman Ugajin sont des aventuriers, ils partent en mission pour plusieurs mois, laissant leurs filles vivre comme bon leur semble. Enfin, c'est ce qu' elles s'imaginent. La visite de **Manten Gakuen**, l'ancien proviseur de leur lycée, vient compromettre leur projet. C'est lui qui a sponsorisé l'expédition de leurs parents et ce sont elles qui vont devoir rembourser leur dette. Pour cela rien de plus simple, elles doivent simplement maintenir l'ordre dans leur lycée en toute discrétion.Sacrée mission pour nos rebelles héroïnes !

BEAUTY

Série en 6 tomes

Imaginez une rentrée où tous les élèves vous trouveraient si mignonne qu'ils vous presseraient d'intégrer leur club pendant que les deux plus jolis garçons de l'établissement se disputeraient vos faveurs. Le rêve ? Sauf si vous vous appelez **Makoto Takebayashi** et que vous avez la phobie de la beauté ! Voici Makoto enrôlée de force dans l'étrange club d'étude de la beauté et poursuivie par le séduisant **Yô Bidô**. Mais le garçon qui lui plaît, c'est **Mu**, le frère de Yô, malgré sa réputation de barbare violent. Alors que Makoto cherche le moyen d'avouer ses sentiments à Mu, **Yô** est décidé à tout faire pour séparer les amoureux.

SHOJO

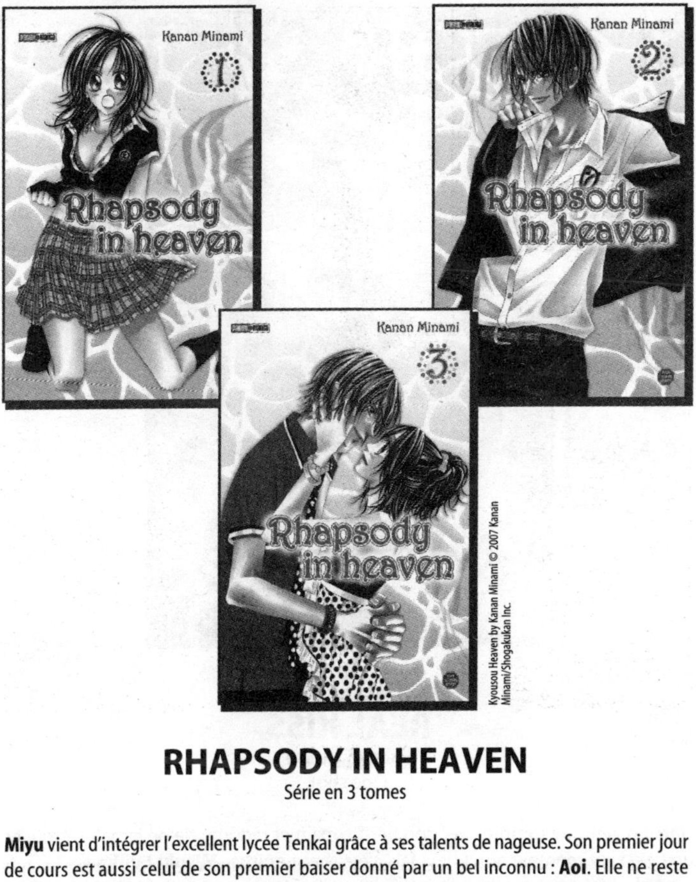

RHAPSODY IN HEAVEN

Série en 3 tomes

Miyu vient d'intégrer l'excellent lycée Tenkai grâce à ses talents de nageuse. Son premier jour de cours est aussi celui de son premier baiser donné par un bel inconnu : **Aoi**. Elle ne reste cependant guère longtemps sur son nuage, car dès le lendemain, elle apprend que le club de natation a été fermé. Son avenir au sein de l'école est donc compromis. Tandis qu'elle travaille d'arrache-pied avec son ami d'enfance, **Kaichi**, afin d'obtenir des résultats suffisants pour leur permettre de rester, elle retrouve le troublant garçon qui l'a embrassée. Une histoire passionnelle débute pour notre héroïne qui va connaître la trahison, le sexe, les désillusions… Un shôjo passionnant, destiné à un public plus mature.

SHOJO

REAL KISS

Kaho Miyasaka
One shot

Haruna vient de rompre avec son petit copain et redoute de ne jamais retrouver une vie sentimentale normale. Mais c'est sans compter **Misuki Fujikawa**, le Don Juan du lycée qui semble déterminé à se faire accepter de la demoiselle. C'est bien connu, après une chute, il faut remonter à cheval… Haruna décidera-t-elle de se jeter dans l'aventure ?

A ROMANTIC LOVE STORY 10

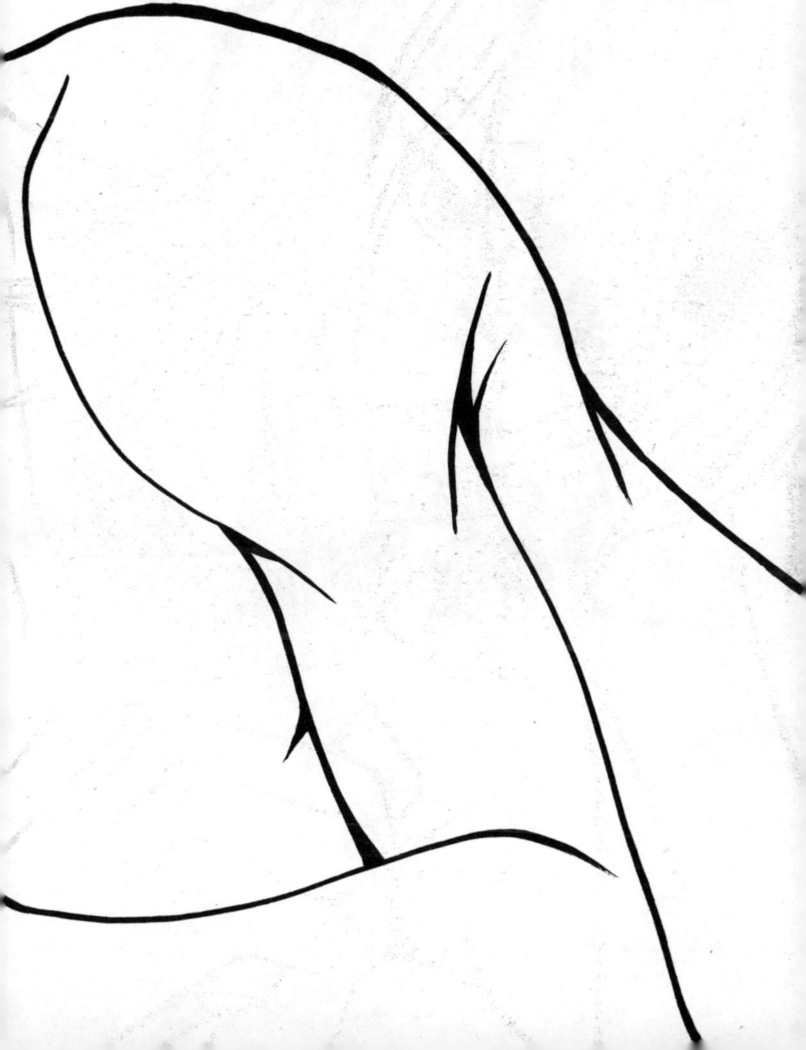

SERRE
OUAH !
JE DIS ÇA, MAIS...
... POUR MOI, ÇA NE VA PAS DU TOUT !
SI ÇA CONTINUE COMME ÇA...

À SUIVRE...

JE ME SENTAIS SI SEULE…
LÀ.
TOUT VA BIEN.
JE SUIS LÀ.

YUKITO…
C'EST… C'EST VRAIMENT TOI ?
OUI.
QU'EST-CE QUE TU FAIS ICI ?
ARGH !
VOI… VOILÀ QUE JE DÉLIRE.
C'EST… C'EST LA FIÈVRE QUI ME DONNE DES HALLUCINATIONS.
NON. C'EST VRAIMENT MOI.
OUPS…
E… EXCUSE-MOI…
EN PLUS, TU ES MALADE…
YUKITO…

UNE...
UNE MOMIE ?!
AAAH ...
CETTE...
CETTE VOIX...
YUKITO ?
HA
QU'EST-CE QUE TU FAIS AVEC TOUTES CES COMPRESSES SUR LE CORPS ?
IL Y EN A BEAUCOUP TROP !
J'A... J'AVAIS TELLEMENT CHAUD... UNE SEULE NE SUFFISAIT PAS.
DODOM

TOC TOC
KOTO-RI !
TU ES LÀ ?
...
...
GLOUPS...
KSCHA
BON. J'ENTRE.
...?!
HÉ !
ÇA VA ?!

OÙ PEUT BIEN ÊTRE L'ESCALIER ?
PAR ICI ?
J'Y SUIS...
C'EST LA CHAMBRE DE KOTORI.

QUOIII ?!
KSCHA
カチャ
PAS ÂME QUI VIVE...
LE FRÈRE DE KOTORI, IL ME FAIT PENSER AU MIEN...
TOUT... TOUT DE MÊME, EST-CE BIEN RAISONNABLE ?
JE N'OSE PAS ENTRER.
ÇA... ÇA NE SE FAIT PAS, NORMALEMENT...
MAIS IL A DIT QU'ELLE ÉTAIT CLOUÉE AU LIT...
B...
BON. J'ENTRE.

PRENDS SOIN D'ELLE JUSQU'À CE QUE QUELQU'UN RENTRE.
HEIN ?
SA CHAMBRE EST AU PREMIER, AU FOND À GAUCHE.
JE COMPTE SUR TOI !
HÉ !
ATTENDS !

QUOIIIII ?!
MAIS ALORS... TU EXISTES ?!
JE VEUX DIRE... VRAIMENT ?!
TU N'ES PAS JUSTE UN DE SES FANTASMES ?
?
...
FAIT SEMBLANT D'HÉSITER.
TAC
BON !
À VRAI DIRE, TU TOMBES BIEN...
... PETIT COPAIN NON FANTASMÉ.
MA SŒUR EST CLOUÉE AU LIT.
NOS PARENTS NE SONT PAS LÀ. ET MOI, JE DOIS ABSOLUMENT PARTIR EN VOYAGE SI JE VEUX POUVOIR RECONQUÉRIR LE CŒUR DE MA BIEN-AIMÉE.
MAIS !
TE DEMANDER ÇA M'EST EXTRÊMEMENT DIFFICILE, MAIS...
JE SAIS QUE ÇA LUI FERA PLAISIR.
ALORS...
... JE TE CONFIE LA LOURDE TÂCHE DE VEILLER SUR ELLE !

BONJOUR ! JE SUIS, EUH... LE... L'AMI...
ENFIN...
UN... AMI DE...
DE...
EST-CE QUE JE PEUX DIRE QUE JE SUIS SON PETIT AMI OU NON ?
ÇA SE DIT, CE GENRE DE CHOSES ? DANS UNE SITUATION COMME CELLE-LÀ ?
...
ATTENDS...
NE ME DIS PAS QUE TU ES...
... SON PETIT AMI ?!
GENRE ?
ドキ
DODOM
EUH... S... SI.
TO-MATE.
C'EST UNE BLAGUE ?!

DING DONG
...
ÇA NE RÉPOND PAS.
JE NE PEUX PAS REPARTIR COMME ÇA...
SI JAMAIS ELLE AVAIT PERDU CONNAISSANCE ?
J'AURAIS DÛ ENVOYER UN MAIL AVANT DE VENIR.
D'UN AUTRE CÔTÉ, J'AI ÉTÉ UN PEU PRIS DE COURT.
PETIT CADEAU CONFIÉ PAR MASAYA.
ARGH !
MAIS OUI ! C'EST UNE POSSIBILITÉ ! SI ÇA SE TROUVE, ELLE EST SEULE ET SANS CONNAISSANCE !
ÇA EXPLIQUERAIT POURQUOI ELLE NE RÉPOND PAS !
KSCHA
OUIIII ?
OH !

MAMIIII ! CROIS-MOI, MA BELLE ! JE SUIS SINCÈRE-MENT DÉSOLÉ.
MAIS MA SŒUR A UNE FIÈVRE CARABINÉE. IL N'Y A PERSONNE À LA MAISON. JE NE PEUX PAS LA LAISSER.
C'EST ÇA ! JE PARIE QU'EN VÉRITÉ, TU AS RENDEZ-VOUS AVEC UNE AUTRE FILLE !
TU VEUX JUSTE ME TROMPER !
QUOI ?!
MAIS PAS DU TOUT ! MA SŒUR EST RÉELLEMENT MALADE ! ELLE EST EN HAUT, DANS SA CHAMBRE, EN CE MOMENT MÊME !
MOI QUI ME FAISAIS UNE JOIE DE PARTIR EN VOYAGE AVEC TOI !
IDIOT !
QUOI ?!
N'ESPÈRE PAS ME REVOIR !
HÉ !
MAMI ?
MA...
...
DING DONG

YUKITO...

EN TOUT CAS, ÇA A MARCHÉ.
ÇA M'A REFROIDIE. ARRÊTONS-NOUS LÀ.
CLOP
EN TEMPS NORMAL, À CETTE HEURE-CI...
... JE SERAIS AU TRAVAIL AVEC YUKITO...
... ET NOUS RÉFLÉCHIRIONS À UN ENDROIT OÙ SORTIR POUR LA SOIRÉE...
COMME JE ME SENS MAL...
DIRE QUE NOUS NOUS ÉTIONS PROMIS DE PASSER LE PEU D'ÉTÉ QUI RESTE ENSEMBLE...
LA MALADIE...
... ME FAIT DÉPRIMER ENCORE PLUS.

Cette histoire s'est déroulée l'été de ma première année au lycée...
J'étais tombée malade. je me trouvais dans ma chambre, endormie.
Toute ma famille étant en déplacement, j'étais pourtant censée être seule à la maison...
Subitement, prise d'une bouffée de chaleur, je me réveillai.
C'est alors que j'entendis des bruits de pas dans l'escalier.
Les bruits de pas se firent de plus en plus proches. ils s'arrêtèrent juste devant la porte de ma chambre ...
BIP
...
ON... ON DIRAIT MOI DANS CETTE HISTOIRE...

RESTE QUE JE SUIS BOUILLANTE.
JE... JE N'EN PEUX PLUS...
METTONS UNE COMPRESSE...
JE ME DEMANDE OÙ EST KENKEN. AU JARDIN, PEUT-ÊTRE ?
EN TRAIN DE SE DORER AU SOLEIL.
J'AURAIS AIMÉ QU'IL SOIT LÀ POUR ME TENIR COMPAGNIE.
HAA...
...
KWI
LA FIÈVRE PLUS LE SILENCE...
... JE NE TIENDRAI PAS LONGTEMPS...
JE...
JE SAIS !
JE VAIS REGARDER DES ÉMISSIONS QUI FONT PEUR SUR LA TÉLÉ DE MON PORTABLE.
ÇA METTRA UN PEU D'AMBIANCE ET ÇA REFROIDIRA L'ATMOSPHÈRE.
AVEC UN PEU DE CHANCE...

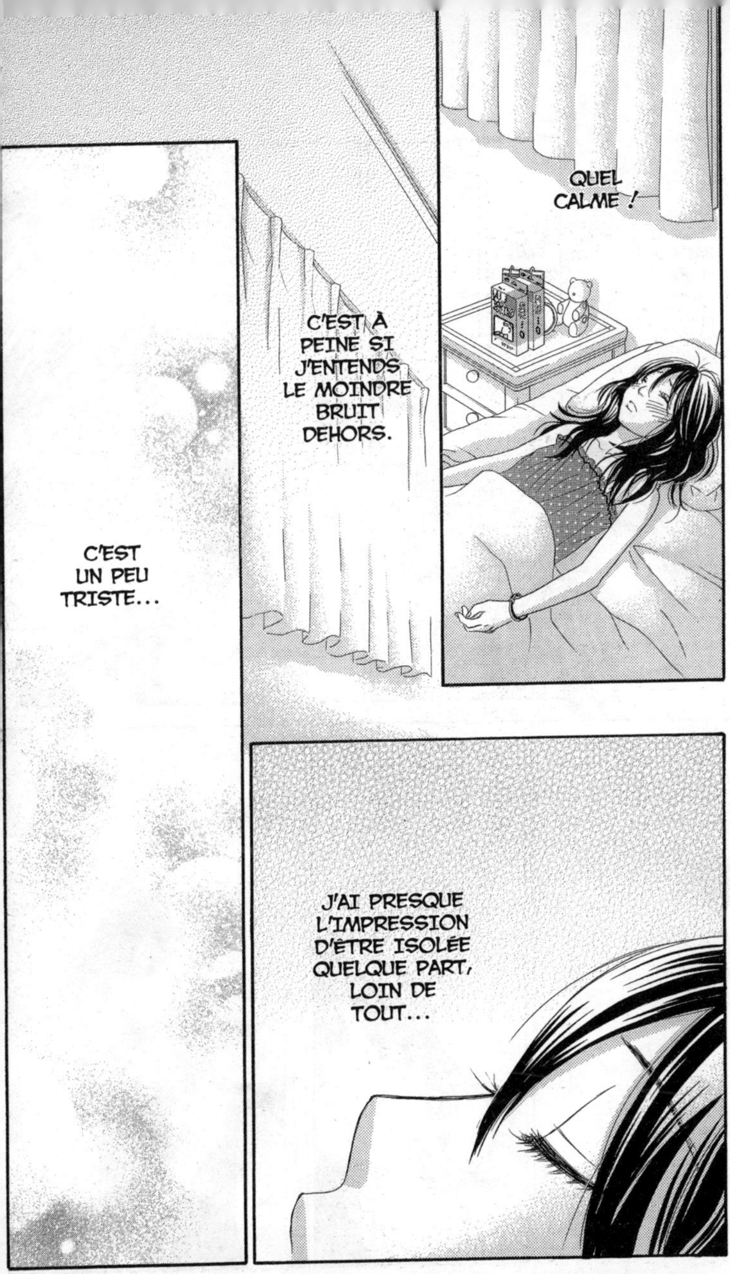
QUEL CALME !
C'EST À PEINE SI J'ENTENDS LE MOINDRE BRUIT DEHORS.
J'AI PRESQUE L'IMPRESSION D'ÊTRE ISOLÉE QUELQUE PART, LOIN DE TOUT...
C'EST UN PEU TRISTE...

JE SUIS DÉSO-LÉE...
TU ES CENSÉ PARTIR EN VOYAGE AVEC TA COPINE, AUJOURD'HUI, NON ?
N'ANNULE PAS POUR MOI. JE VAIS ME REPOSER, ET TOUT IRA BIEN.
IDIOTE !
DANS L'ÉTAT OÙ TU ES, IL N'EST PAS QUESTION DE TE LAISSER TOUTE SEULE.
NE T'INQUIÈTE PAS POUR LE RESTE.
GRAND FRÈRE...
TU ES BEAUCOUP PLUS GENTIL QUE D'HABITUDE... QUE SE PASSE-T-IL ?
AH ! MON TÉLÉPHONE SONNE.
JE DESCENDS.
OK.
CLAC
...

ÇA VA ?
N... O... N...
IL Y A DE QUOI, EN MÊME TEMPS. LA FIÈVRE N'A PAS BAISSÉ D'UN DIXIÈ-ME.
JE T'AI ACHETÉ PLEIN DE COMPRESSES AUTORAFRAÎ-CHISSANTES. ELLES SONT SUR TA TABLE DE NUIT.
OK...
JE CROIS QUE C'EST LA PLUIE DE SAMEDI QUI M'A ÉTÉ FATALE...
IL Y A DES CHANCES. APPELLE-MOI S'IL Y A QUOI QUE CE SOIT.
GRAND FRÈRE...

MÊME SI...
... DANS UN AUTRE REGISTRE, TU ÉTAIS TOI-MÊME AU MOINS AUSSI DANGEREUX.
TU L'AS DIT !
D'AILLEURS, À TA PLACE, JE SERAIS VIGILANT : À LA MOINDRE NÉGLIGENCE JE RISQUERAIS BIEN DE RÉAP-PARAÎTRE !
JE TE CROIS SUR PAROLE.
MAIS NE T'EN FAIS PAS : J'AI DÉJÀ TOUT PERDU UNE FOIS. JE N'AI PAS L'IN-TENTION DE RECOMMENCER DE SITÔT !
TSSK... TE VOILÀ BIEN CONFIANT, ON DIRAIT.

JE VOULAIS TE DIRE ...
MERCI POUR KOTORI.
POURQUOI ME REMERCIER ? JE NE SUIS POUR RIEN DANS VOTRE RÉCONCILIATION.
CE N'EST PAS DE ÇA QUE JE PARLE.
QUAND ELLE ÉTAIT SUIVIE...
... JE T'AVAIS DEMANDÉ DE LA RACCOMPAGNER UN SOIR. TU L'AVAIS FAIT.
GRÂCE À ÇA, J'AVAIS PU ARRÊTER LE COUPABLE AVANT QUE KOTORI N'AIT À SUBIR D'AUTRES ÉPISODES TRAUMATISANTS.
ALORS LA MOINDRE DES CHOSES ÉTAIT DE TE REMERCIER.

SA...
SALUT.
TU ES QUI, TOI ?
む
GRR
OH !
PARDON ! AVEC TES CHEVEUX NOIRS...
... JE NE T'AVAIS PAS RECONNU.
VACHE-MENT CRÉDIBLE ...
BON. SUR CE...
...
AU TRAVAIL.
JE LES AI UN PEU COUPÉS, AUSSI.
HON HON ...
...

* KOTORI KAJI : ABSENTE POUR MALADIE ** LA SÉCURITÉ AVANT TOUT ! *** ORDRE DU JOUR **** DEMANDES DE SHIFTS

...
39.2°C
PRATIQUEMENT MON SCORE (SUR CENT) AU DERNIER EXAMEN DE FIN DE SEMESTRE ...
DANS LES DEUX CAS, ÇA CRAINT.
MAMAN ÉTANT PARTIE S'OCCUPER DE PAPA QUI EST EN MISSION DANS UNE VILLE LOINTAINE POUR SON TRAVAIL...
JE NE VAIS POUVOIR COMPTER QUE SUR MON FRÈRE...
AUTANT DIRE SUR PERSONNE.
ばたっ
POF
D'AUTANT QUE NATSUME TRAVAILLE...
YUKITO...
NON !
MA CHAMBRE EST TROP EN DÉSORDRE.
MANIAQUE.

D...
DOUX...
MAIS SUR-TOUT...
... CHAUD...
ZWUP

JE SENS UNE SORTE DE CHALEUR PARTOUT EN MOI...
TOUT ME SEMBLE SI DOUX...
DANS MON CŒUR COMME DANS MON CORPS...
OUI...
SI DOUX...

IL EST DÉCONTENANCÉ... À CAUSE DE MOI ?
OH, LÀ LÀ...
...
ME VOILÀ DE NOUVEAU SUR UN NUAGE !
MOI QUI ÉTAIS SI DÉPRIMÉE...
IL AURA SUFFI DE QUELQUES MOTS DE YUKITO POUR QUE TOUS MES SOUCIS S'ENVOLENT !
RIEN QUE LE FAIT DE POUVOIR LE TOUCHER... ÇA ME REND SI HEUREUSE...
J'AI LE CŒUR QUI BAT LA CHAMADE...

祭
祭
JE RÊVE... VOUS ÊTES LÀ AUJOURD'HUI AUSSI ?!
SI TU DOIS TE PLAINDRE, PLAINS-TOI À L'UNIVERS : IL NE NOUS A PAS TROUVÉ DE MEILLEURE OCCUPATION.
...
BON. EH BIEN...
... DANS CE CAS, REGARDEZ-NOUS, SI ÇA VOUS CHANTE.
!
VOUS AVEZ ENTENDU ÇA ?
IL SE REBIFFE !
ALLONS-Y.
AAAH !
LES TOURTEREAUX !
PFFF...
TOUJOURS DANS NOS JAMBES !

ILS ROUCOULENT !

TROP TARD.
MAINTENANT QUE J'AI COMMENCÉ...
... PAS QUESTION...
... DE M'ARRÊTER !
QU... QUOIII ?!
SES YEUX... IL SE MOQUE DE MOI ! C'EST CLAIR COMME DE L'EAU DE ROCHE !
YUKITO ! TU AS RI ! JE T'AI VU !
ABSOLUMENT PAS.
TES YEUX RIAIENT !
NON.
GRRRR !
HA HA HA !
OH...
OUAH ! TU LES AS VUS ?
OUI, JE LES AI VUS, ET VOUS ?
VOUS LES AVEZ VUS ?

SERRE
ぎゅ…
…
EN…
EN FAIT, JE CROIS QUE C'ÉTAIT MIEUX QUAND TU NE ME REGARDAIS PAS.

J'AI L'IMPRESSION QUE TU L'ES ENCORE PLUS QUE D'HABITUDE.
JE SUIS PERTURBÉ.

TU...
TU TE TROMPES COMPLÈTEMENT !
ÇA FAIT TELLEMENT LONGTEMPS QUE NOUS N'ÉTIONS PAS SORTIS, RIEN QUE TOUS LES DEUX.
J'AI PERDU L'HABITUDE ! MES RÉFLEXES SE SONT ÉMOUSSÉS.
EN PLUS...
... TU ES SUPER MIGNONNE...

MON YUKATA... IL NE ME VA PAS ?
QUE...
QU'EST-CE QUI TE PREND, TOUT À COUP ?
TU NE ME REGARDES PAS. ALORS JE ME DEMANDAIS. C'EST TOUT...
...
祭

...
QU'EST-CE QUE C'EST QUE CE MASQUE ? J'AI FAILLI AVOIR UNE CRISE CAR-DIAQUE !
OÙ TU AS DÉGOTTÉ CE MACHIN ?
...
ENFIN, TU ME REGARDES !
HEIN ?

J'ESPÈRE QUE JE ME FAIS DES IDÉES, MAIS...
... DEPUIS TOUT À L'HEURE, JE N'AI PAS L'IMPRESSION QU'IL ME REGARDE BEAUCOUP.
IL N'A MÊME PAS FAIT LE MOINDRE COMMENTAIRE SUR MON YUKATA.
PEUT-ÊTRE QU'IL NE ME VA PAS BIEN ?
YUKITO...
IL Y A DES STANDS QUE TU VEUX VOIR EN PARTICULIER, KOTORI ?
OH !
UN STAND DE PÊCHE AUX POISSONS ROUGES ! ALLONS-Y !
YUKITO !

IL FAUDRA QUE NOUS PENSIONS À REMERCIER NATSUME !
HM ?
AH, OUI… C'EST VRAI QUE C'EST ELLE QUI NOUS A FAIT PRÊTER CES YUKATA.
FÉLICITATIONS !
JE VOUS LES FAIS GRATUITEMENT, EN GUISE DE CADEAU POUR FÊTER VOTRE RÉCONCILIATION.
COMME JE SUIS CONTENTE ! ♡
ふふ
HI HI !
SI TU LA FAIS PLEURER, CETTE FOIS…
… NE COMPTE PAS SUR MOI POUR RATTRAPER LE COUP
…
ÇA VA, YUKITO ?
EUH… OUI, OUI.
ALLONS VOIR CES STANDS, LÀ-BAS !
あ
OH…
LE VOILÀ PARTI…

... COMME AVANT NOTRE DISPUTE...
JE DOIS AVOIR L'AIR RIDICULE.
TOUT LE MONDE ME REGARDE DEPUIS TOUT À L'HEURE.
AU CONTRAIRE, C'EST PARCE QUE TU ES MAGNIFIQUE !
IL N'Y A QUE DES FILLES QUI REGARDENT.
ARRÊTE DE ME REGARDER, JE TE DIS. J'AI HONTE.
OUAH !
NAVRÉE ...
... MAIS HORS DE QUESTION DE ME PRIVER !
TU ES TROP BEAU !
...
DIS DONC...

NE ME FIXE PAS COMME ÇA.
C'EST...
C'EST LA PREMIÈRE FOIS QUE JE TE VOIS EN YUKATA...
IL A RECOLORÉ SES CHEVEUX...

A ROMANTIC 10
LOVE STORY
40TH LESSON

LE LENDEMAIN, EN RETOURNANT AU FESTIVAL...
... J'AVAIS LE CŒUR QUI BATTAIT COMME SI C'ÉTAIT LA PREMIÈRE FOIS.

ILS N'ONT PAS BESOIN DE VOIR ÇA.

TSSSK ...
CEUX-LÀ, ALORS.
DÉPÊCHONS-NOUS DE LES REJOINDRE !
NON.
LAISSONS-LES PARTIR DEVANT.

ALLONS …
… IL N'Y A PAS DE QUOI S'ÉNERVER.
C'EST PARCE QUE TU AS RATÉ UN BAISER QUE TU NOUS EN VEUX ?
NE…
NE DIS PAS N'IMPORTE QUOI !
PAS LA PEINE DE NIER, VA.
MAIS NE T'INQUIÈTE PAS : DES OCCASIONS, IL Y EN AURA D'AUTRES ! MAINTENANT, ALLONS NOUS AMUSER !
OH NON !
JE VAIS ENCORE DEVOIR SUPPORTER TA FACE ?!
JE SERAI DISCRET.
MAIS LÀ QUAND MÊME !
TOUT EST BIEN QUI FINIT BIEN.
OUI !

VOUS ?!
ÇA FAIT COMBIEN DE TEMPS QUE VOUS ÊTES PLANQUÉS LÀ, À NOUS ESPIONNER ?!
TIENS, LA PLUIE S'EST ARRÊTÉE.
TU AS RAI-SON.
VERS "EST-CE QUE J'ÉTAIS LA SEULE", À PEU PRÈS ?
MOUI, PAR LÀ.
MOI, J'ÉTAIS CONTRE L'IDÉE DE VENIR.
COMME... COMME J'AI HONTE...
BAH, L'ESSEN-TIEL EST QUE LES CHOSES SE SOIENT ARRANGÉES ENTRE VOUS, NON ?
ET ENCORE UN BAI-SER QUI ME FILE SOUS LE NEZ !
TIENS. TON POR-TABLE.
JE L'AI TROUVÉ PAR TERRE PRÈS DU TEMPLE.
ALORS JE L'AVAIS FAIT TOMBER ?
ÇA A DÛ ARRIVER QUAND J'AI COURU !
JE PANIQUAIS TELLEMENT QUE JE NE ME SUIS RENDU COMPTE DE RIEN !
AU DÉBUT, ON AVAIT L'INTENTION DE VOUS LAISSER SEULS TOUS LES DEUX. MAIS EN TROUVANT LE POR-TABLE, ON S'EST DIT QU'IL FALLAIT QU'ON VOUS LE RAPPORTE. ALORS ON EST VENUS...
ENSUITE, QUAND ON VOUS A VUS FAIRE VOTRE NUMÉRO ROMANTIQUE, ON N'A PAS PU S'EMPÊ-CHER DE RESTER.
TU PARLES !

QUE...?!

KSCHA
ガサ

OUAH...
VOILÀ QUE J'AI LE TRAC.
ALORS QU'IL Y A À PEINE DEUX MINUTES, TU ÉTAIS COLLÉ À ELLE...
OUAIS. LA HONTE.
HM ?
HM ?
DO-DOM
OH...
OUAH ! NOUS SOMMES À DEUX CENTIMÈTRES L'UN DE L'AUTRE...

TON... TON INTENTION ME TOUCHE BEAUCOUP...
... MAIS... EUH...
... NE... NE TE SENS PAS OBLIGÉ DE DEMANDER À CHAQUE FOIS NON PLUS.
LES SEULS MOMENTS OÙ ÇA ME DÉPLAÎT, CE SONT... COMMENT DIRE... CE SONT LES MOMENTS OÙ NOS SENTIMENTS NE SONT PAS TOUT À FAIT SUR LA MÊME LONGUEUR D'ONDE...
POURVU QUE JE ME SENTE AIMÉE... TU PEUX M'EMBRASSER TANT QUE TU LE VEUX.
KOTORI...

À PROPOS DE...
DES BAISERS.
SI... SI TU N'AIMES PAS ÇA... JE FERAI EN SORTE DE NE PLUS TE FORCER.
UNE FOIS DE TEMPS EN TEMPS, IL SE PEUT QUE JE ME LAISSE ALLER...
... JE NE PEUX PAS TE GARANTIR QUE J'ARRIVERAI TOUJOURS À ME CONTRÔLER...
... MAIS...
... JE FERAI DE MON MIEUX.
CHAQUE FOIS QUE J'AURAI ENVIE DE T'EMBRASSER, J'ESSAIERAI DE TE DEMANDER.
DE FAÇON À CE QUE CE SOIT LE MOINS DÉSAGRÉABLE POSSIBLE POUR TOI.
CES MOTS M'ÉCORCHENT LA BOUCHE...
JE SUIS EN SUEUR...
...
YU...
YUKITO...

E... EUH...
JE VOULAIS AUSSI TE DIRE...
たこ焼 たこ焼

HM ?
HM ?
ENCORE CETTE VOIX...
?
EN TOUT CAS, ÇA TOMBE BIEN. DEMAIN SOIR, JE SUIS EN CONGÉ.
ET TOI, KOTORI ? TU ES LIBRE ?
OUI !
ALORS RENDEZ-VOUS DEMAIN POUR LA REVANCHE !
PROMIS !

OUPS... PARDON.
JE NE DISAIS PAS ÇA POUR RETOURNER LE COUTEAU DANS LA PLAIE. C'EST JUSTE QUE J'AURAIS BIEN AIMÉ.
JE LE SAIS.
PROFITONS DE CE QUI NOUS RESTE D'ÉTÉ POUR SORTIR !
IL Y A UN ENDROIT OÙ TU AIMERAIS ALLER EN PARTICULIER ?
TU PARLES SÉRIEUSEMENT ?
ET TON JOB ? ENFIN, TES JOBS ?
COMMENT CASSER L'AMBIANCE...
OUPS...
PARDON !
LE FESTIVAL CONTINUE DEMAIN !
MAIS OUI ! C'EST VRAI : DEMAIN, C'EST DIMANCHE. LE FESTIVAL CONTINUE !
TU AS RAISON ! JE N'Y AVAIS PAS PENSÉ.

…
TOUT DE MÊME…
… C'EST UN PEU DOMMAGE.
QUOI DONC ?
ENTRE LE FEU D'ARTIFICE DE L'AUTRE JOUR ET LE FESTIVAL DE CE SOIR…
… NOUS N'AURONS PU PARTAGER AUCUN ÉVÉNEMENT ENSEMBLE, CET ÉTÉ.
OUI… C'EST VRAI…

ET LE COLLIER... LUI AUSSI, TU L'AS TOU-JOURS...
YUKITO... TOUS LES SOUVENIRS QUE J'AI AVEC TOI...
... SONT PRÉCIEUX.
...
KOTO-RI...
JE PEUX ...
... TE PRENDRE PAR L'ÉPAU-LE ?
OU...
OUI.

...
HA HA !
MOI QUI CROYAIS AVOIR MILLE CHOSES À LUI RACONTER...
OUI.
C'EST UN PEU COMME UN PORTE-BONHEUR, POUR MOI.
FINALEMENT, LE SIMPLE FAIT DE POUVOIR ÊTRE ASSISE À SES CÔTÉS SUFFIT À ME COMBLER.
IL M'AIDE À SURMONTER LE STRESS AU TRAVAIL.
LE BRACELET...
TU L'AS TOUJOURS...

EH... EH BIEN... D'ABORD, IL FAIT NUIT...
ENSUITE... TU ES EN YUKATA... ET PUIS TU N'ES PAS COMME D'HABITUDE...
BREF... IL... IL Y A PLEIN DE FACTEURS PROBLÉMATIQUES...
?
C'EST TON CŒUR DE JEUNE FILLE C'EST COMPLIQUÉ.
EXACTEMENT ! C'EST MON CŒUR DE JEUNE... EUH... HOMME ! C'EST COMPLIQUÉ... COMME CHEZ LES FILLES !
MOI AUSSI, EN RÉALITÉ, J'AI ENVIE DE RESTER AVEC TOI... MAIS...
ALORS RESTONS ENSEMBLE JUSTE UN TOUT PETIT PEU.
JUSTE LE TEMPS QUE LA PLUIE S'ARRÊTE.
HM ?
HM ?
J'AI CRU ENTENDRE UNE VOIX...
BAH. PASSONS.

JE VEUX RESTER AVEC TOI ENCORE UN PEU...
A... ALLONS... NOUS NOUS REVERRONS DEMAIN, AU TRAVAIL.
ET PUIS NOUS POUVONS NOUS TÉLÉ-PHONER ET NOUS ÉCRIRE DES MAILS !
JE SUIS TELLEMENT HEUREUSE...
... QUE NOUS NOUS SOYONS RÉCONCILIÉS ET QUE NOUS PUISSIONS À NOUVEAU ÊTRE ENSEMBLE !
JE VOUDRAIS FAIRE DURER CE MOMENT.
PAS... PAS TOI ?

KOTORI ?
JE NE VEUX PAS RENTRER !

COMME TU VEUX. DE TOUTE FAÇON...
... IL VA ÊTRE TEMPS DE RENTRER, NON ?
HEIN ...?
ALLONS-Y.
JE TE RACCOMPAGNE.

OH...!
IL RECOMMENCE À PLEUVOIR.
METS ÇA.
QUOIQUE... MOI AUSSI, TOUT À L'HEURE, JE ME SUIS PRIS LA PLUIE.
MA CHEMISE EST TREMPÉE...
ÇA VA, NE T'EN FAIS PAS. C'EST L'ÉTÉ, IL FAIT CHAUD !
...

DE SAVOIR QUE TU AS MIS CE YUKATA POUR MOI... ET QUE TU M'AS ATTENDU TOUT CE TEMPS...
... TU N'IMAGINES PAS COMME ÇA ME FAIT PLAISIR.
OU... OUI.
JE NE SAIS PAS COMMENT TE LE DIRE, MAIS...
JE VOULAIS QUE TU ME VOIES DEDANS.
C'EST TRÈS BIEN DIT COMME ÇA. ÇA ME FAIT PLAISIR DE L'ENTENDRE.

TON YUKATA ?
C'EST TON CŒUR DE JEUNE FILLE !
HM ?
HM ?!
C'EST TOUT ?
JE N'AVAIS MÊME PAS REMARQUÉ.
ÇA PASSERAIT PRESQUE POUR UNE PARTIE DU MOTIF.
COMMENT ÇA "C'EST TOUT" ?
EXACTEMENT ! C'EST MON CŒUR DE JEUNE FILLE QUI EST EN QUESTION !
J'AI... J'AI ENTENDU UNE VOIX...
KOTO-RI...
CE YUKA-TA.. C'EST POUR MOI QUE TU L'AS MIS... N'EST-CE PAS ?

AU FAIT !
HEIN ?
NE REGARDE...
... PAS EN BAS.
EN BAS ?
GARDE TES YEUX EN HAUTEUR.
MAIS... POURQUOI ?
PARCE QUE.
N'IMPORTE QUOI...
JE NE COMPRENDS RIEN.
SOUS LE COUP DE LA JOIE, J'AVAIS COMPLÈTEMENT OUBLIÉ ...
... QUE MON YUKATA EST TOUT SALE !
QUOI...
QUOI QU'IL EN SOIT, FAIS CE QUE JE TE DEMANDE.
...
PLUS TU INSISTES ET PLUS ÇA ME DONNE ENVIE DE REGARDER !
NOOON !
QU'EST-CE QUE TU CACHES ? FAIS VOIR !
MON YUKATA EST TOUT SALE ! JE NE VEUX PAS QUE TU VOIES ÇA !
JAMAIS DE LA VIE !

MOU… MOUILLÉ ?
GLOUPS
OUI. NE ME DIS PAS QUE TU AS ATTENDU TOUT CE TEMPS SOUS LA PLUIE ?
SI. ENFIN… PAS VRAIMENT TOUT LE TEMPS, MAIS…
TU AURAIS DÛ TE METTRE À L'ABRI ! VOIRE CARRÉMENT RENTRER CHEZ TOI !
NON.
JE VOULAIS T'ATTENDRE.
JE VOULAIS RESTER À L'ENDROIT DU RENDEZ-VOUS JUSQU'À CE QUE TU SOIS LÀ.
祭
祭
KOTORI…

...
ET...
ET MAINTE-NANT, JE FAIS QUOI ?
DIS DONC...
TON YUKATA EST TOUT MOUILLÉ.
HEIN ?

YUKITO
YUKITO
YUKITO
JE T'AIME TANT !

JE T'AIME.

DODOM
DES LARMES ?
OUPS !
PARDON !
BAA
J'AI ÉTÉ TROP BRUSQUE.
CE… CE N'EST PAS ÇA…
JE PLEURE…
… DE JOIE.

ENFIN, JE TE TIENS !
YUKITO...

VRAI DE VRAI!

C'EST...
C'EST VRAI ?
!

JE...
JE RÊVE ... ?
ALORS ARRÊTE DE TE CACHER.

QUI T'A RACONTÉ ÇA ?
AAAH !
BON. CE N'EST PAS IMPORTANT, DE TOUTE FAÇON.
SACHE QUE LA "FILLE" EN QUESTION, C'EST TOI.
TOI, ET PERSONNE D'AUTRE.
DEPUIS NOTRE SÉPARATION, JE N'AI PENSÉ QU'À TOI. JE N'AI EU D'YEUX QUE POUR TOI.

COMMENT ÇA...
... LA SEULE ?
QU'EST-CE QUE TU RACONTES ?
JE...
J'ÉTAIS VENUE ICI DÉTERMINÉE À TE DIRE CE QUE JE RESSENTAIS...
... MÊME S'IL Y AVAIT UNE AUTRE FILLE DANS TA VIE.
MAIS... EN Y RÉFLÉCHISSANT, JE ME RENDS COMPTE QUE... SI JAMAIS LES CHOSES SE PASSENT BIEN ENTRE ELLE ET TOI, JE N'AI PAS LE DROIT DE M'INTERPOSER. MÊME SI JE DOIS EN SOUFFRIR.
ALORS...
UNE...
... SECONDE !
JE NE SAIS NI D'OÙ CETTE IDÉE TE VIENT NI OÙ ÇA VA, MAIS...
... POURQUOI TU VIENS ME PARLER D'UNE "AUTRE", COMME ÇA, D'UN COUP ?
D'APRÈS... D'APRÈS CE QUE J'AI ENTENDU DIRE, TU ES AMOUREUX D'UNE FILLE...
MÊME QUE C'EST POUR ELLE QUE TU T'ES MIS À TRAVAILLER.
QUOI ?

YUKI-TO…
JE…
JE SUIS DÉSOLÉE DE TE DEMANDER ÇA DE CETTE MANIÈRE, MAIS… JE DOIS VÉRIFIER UNE CHOSE.
C'EST TRÈS IMPORTANT…
VÉRIFIER UNE CHOSE ?
TOUT À L'HEURE… QUAND TU AS DIT QUE MÊME APRÈS NOTRE RUPTURE, TU N'AVAIS JAMAIS CESSÉ DE M'AIMER…
… EST-CE QUE…
… J'ÉTAIS LA SEULE ?

?!
QUE...?
HÉ !
KOTORI...?
...

...
EUH...
...!!

TU VEUX BIEN... N'EST-CE PAS ?

A ROMANTIC LOVE STORY 10
39TH LESSON

JE PEUX...
... VENIR PRÈS DE TOI ?

MOI AUSSI...
... JE T'AIME.
MÊME APRÈS LA RUPTURE, JE N'AI JAMAIS CESSÉ DE T'AIMER.
COMMENT ?!
JE PEUX...
... VENIR PRÈS DE TOI ?

QUOI ?
祭
祭
ENFIN... NON ! JE NE CROIS PAS : J'EN SUIS SÛRE.
OU... OUAH...
JE NE SAIS PLUS CE QUE JE DIS...
C'EST... C'EST LA PRE- MIÈRE FOIS...
... QUE JE T'ENTENDS PARLER DE FAÇON SI... DÉBRIDÉE !
HEIN ?
EUH...
NON... ENFIN... JE...
...
PFFF...
EH BIEN !
N'EMPÊCHE, TU ABUSES.
TOUT ÇA...
... C'EST MOI QUI VOULAIS TE LE DIRE EN PREMIER.
HEIN ?

HEIN ?
KOTO...
C'EST...
C'EST PAREIL POUR LES BAISERS.
JE... JE NE VEUX EN DONNER À PERSONNE D'AUTRE QUE TOI.

... T'AIME.

JE...

DEPUIS NOTRE SÉPARATION ...
... JE N'AI JAMAIS RÉUSSI À TOURNER LA PAGE.
JE N'ARRÊTE PAS DE PENSER À TOI, SANS POUVOIR M'EN EMPÊCHER.
MÊME SI, QUELQUE PART, JE CROIS QUE JE L'AI TOUJOURS SU.
À MESURE QUE LE FOSSÉ ENTRE NOUS S'AGRANDISSAIT...
... J'AI PRIS CONSCIENCE DE CE QUE JE RESSENTAIS VRAIMENT.
YUKITO ...

JE...
JE NE TE DÉTESTE PAS !
LOIN DE LÀ ! EN FAIT, JE...

CE QUE JE M'APPRÊTE À TE DIRE, J'AURAIS PRÉFÉRÉ TE LE DIRE EN FACE.
MAIS TANT PIS. JE TE DEMANDE JUSTE DE BIEN VOULOIR M'ÉCOUTER.
SI TU VEUX CONTINUER À ME DÉTESTER, LIBRE À TOI. JE LE COMPREN-DRAI. MAIS...
!
A...
ATTENDS !

HOP
...
IL...
IL N'EST PAS DANS MON SAC !
QU'EST-CE QUE J'AI BIEN PU EN FAIRE ?
EN TOUT CAS, JE TE DEMANDE PARDON.

JE NE SUIS QU'UN ÉGOÏS-TE.
HEIN ?
EUH... MAIS... MAIS NON.
JE NE SUIS PAS EN COLÈRE.
C'EST JUSTE MON YUKATA QUI...
IL EST TOUT À FAIT LÉGITIME QUE TU N'AIES PAS RÉPONDU À MES APPELS SUR TON PORTABLE.
MON...
MON PORTABLE ?!

JE COMPRENDS QUE TU SOIS EN COLÈRE.
C'EST MOI QUI T'AI INVITÉE À VENIR ...
... POUR FINALEMENT ARRIVER EN RETARD.
ET PAS QU'UN PEU.
VU L'HEURE QU'IL EST...
... JE COMPRENDS QUE TU M'EN VEUILLES.
HEIN ?

HEIN ?
ELLE ME REJETTE ?
POU...
POUR-QUOI ?
PA...
PARCE QUE !
MON YUKATA...
... EST TOUT SALE...
JE NE VEUX PAS QU'IL LE VOIE !
QUELLE MALCHANCE ! QUAND JE PENSE QU'IL ÉTAIT REVE-NU...
JE NE PEUX PAS ME MONTRER À LUI DANS CET ÉTAT !

OH... NON !
BAA
バッ
KOTORI ?!
NE...
NE T'APPROCHE PAS.

HEIN ?
YU... YUKITO ?!
YUKITO...
J'AI BIEN FAIT DE VENIR VOIR UNE DERNIÈRE FOIS AVANT DE RENTRER...

KOTORI ?
KOTO-RI...
... C'EST BIEN TOI ?

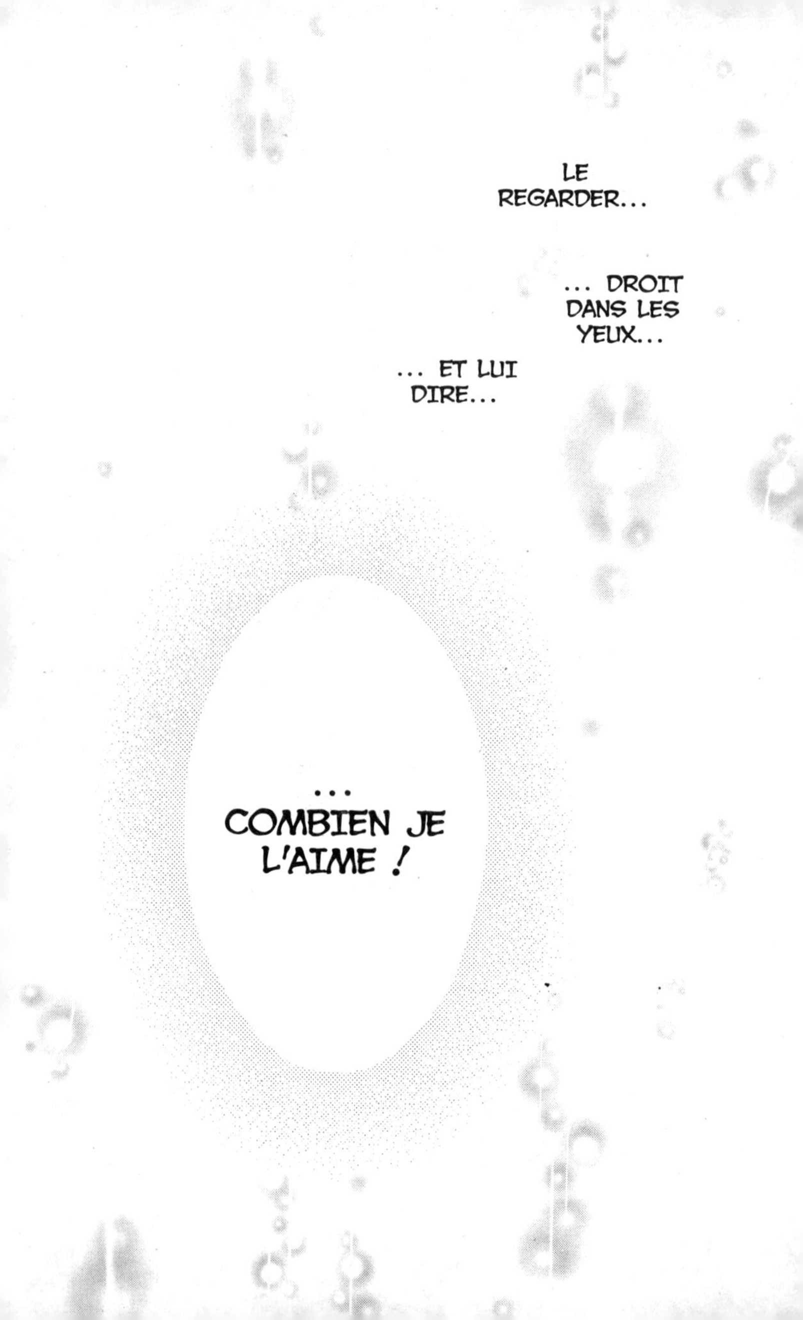
LE REGARDER...
... DROIT DANS LES YEUX...
... ET LUI DIRE...
... COMBIEN JE L'AIME !

J'AURAIS TANT VOULU...
... QU'IL LE VOIE.
J'AURAIS TANT VOULU LUI DIRE CE QUE JE RESSENS.

QUE...?
OH NON...
DE LA BOUE !
J'EN AI MIS PLEIN MON YUKATA...
... EN COURANT SUR LE SOL MOUILLÉ.
ÇA NE PART PAS...
JE NE PEUX PAS ME MONTRER À YUKITO COMME ÇA...
YUKITO...
IL N'EST PAS LÀ.
DIRE QUE JE L'AVAIS MIS POUR LUI...
IL NE VIENT PAS.

ATTEN-
DONS...
... ENCORE
UN PEU.

YUKITO...
IL N'EST PAS LÀ...
IL A DÛ REPARTIR.
NOUS NOUS SOMMES PEUT-ÊTRE CROISÉS...
OU BIEN...
... PEUT-ÊTRE QU'IL N'EST PAS ENCORE SORTI DE SON TRAVAIL ?

• LOTERIE

ZUT.
ELLE EST PARTIE POUR DE BON.
HAAA...
はあ…
BIP
ALLÔ ?
AH, C'EST TOI, SHITARA ?
HARUNA, PUISQUE TU N'AS - ÉVIDEMMENT - RIEN À FAIRE : CONSOLE-MOI.
« ÉVIDEMMENT » ?! NON MAIS DIS DONC, ESPÈCE DE GOUJAT ! JE SUIS SUR LE POINT DE PARTIR À UN RENDEZ-VOUS AVEC UN GARÇON, FIGURE-TOI ! POURQUOI TU AS BESOIN D'ÊTRE CONSOLÉ ?
UN RENDEZ-VOUS AVEC UN GARÇON ? DÉCIDÉMENT, VOUS VOUS ÊTES PASSÉ LE MOT...

VOTRE CORRESPONDANT NE PEUT PAS VOUS RÉPONDRE. VEUILLEZ...
...
VU LA PLUIE QUI EST TOMBÉE...
... JE NE PEUX PAS LUI EN VOULOIR.
MAIS...
... LA CONNAISSANT, IL SE POURRAIT QU'ELLE SOIT ENCORE DANS LES PARAGES.
DIT-IL...
... POUR ESSAYER DE SE RASSURER. QUEL MAUVAIS PERDANT JE FAIS.

* YAKISOBA = NOUILLES GRILLÉES - UN AUTRE CLASSIQUE DES FESTIVALS
** KAKIGORI = GLACE PILÉE AU SIROP - IDEM
*** CRÊPES

E...
EUH... C'EST-À-DIRE QUE...
C'EST PEUT-ÊTRE INCONSCIENT, MAIS TU LE TOUCHES TOUJOURS AVEC TANT DE DÉLICATESSE...
INCONSCIENT... ?
QUOI ? TU NE T'EN ÉTAIS JAMAIS APERÇUE ?
TSSK...
JE T'AVOUE : LE FAIT QUE CE SOIT INCONSCIENT, ÇA ACHÈVE DE ME DÉPRIMER.
PA... PARDON !
BAH.
EXCUSE-MOI D'AVOIR ÉTÉ BRUSQUE AVEC TOI.
DÉPÊCHE-TOI D'ALLER LE REJOINDRE.

JE SUIS SOULAGÉ QUE TU AIES MIS LES CHOSES AU POINT.
AUTREMENT, J'AURAIS RISQUÉ DE DEVENIR DE PLUS EN PLUS INSISTANT.
EXCUSE-MOI D'AVOIR MIS TANT DE TEMPS À LE FAIRE.
...
À TON POI-GNET... C'EST UN BRACELET BRÉSILIEN ?
?
JE ME DEMANDAIS S'IL AVAIT UN RAPPORT AVEC LE GAR-ÇON QUE TU AIMES...

MÊME SI JE SAIS QUE C'EST PEUT-ÊTRE VOUÉ À L'ÉCHEC.
POUR CETTE RAI-SON...
... JE NE PEUX PAS RÉPONDRE À TES SENTI-MENTS, SHITARA.
JE TE DEMANDE PARDON.
MAIS TE DIS AUSSI...
... MERCI D'ÊTRE TOMBÉ AMOUREUX DE MOI !

TU AS RAISON.
MON CŒUR APPARTIENT À UN AUTRE.
LORSQUE TU M'AS APPROCHÉE, JE VENAIS DE ROMPRE AVEC LUI. J'ÉTAIS PERDUE, JE NE SAVAIS PAS QUOI FAIRE.
MAIS MAINTENANT, JE LE SAIS : JE L'AIME TOUJOURS.
JE NE PEUX PAS ME RÉSIGNER.
JE VEUX ESSAYER DE LUI DIRE CE QUE JE RESSENS... UNE DERNIÈRE FOIS.

PAS TROP TÔT.
QUAND ON VEUT METTRE LES POINTS SUR LES I, IL FAUT LE FAIRE FRANCHEMENT.
HEIN ?
MAINTENANT, LES CHOSES SONT CLAIRES : TON CŒUR APPARTIENT À UN AUTRE.
C'EST CE QUE JE VOULAIS SAVOIR. PARCE QUE MOI, TANT QUE JE PENSE QUE LA PLACE EST LIBRE, JE FONCE.
TU COMPRENDS ?

POUSSE
N...
NON !

グッ
TAC
MAIS !!!?!

QUE... QU'EST-CE QUE TU AS, AUJOURD'HUI ?
TU ES BIZARRE. ET TROP BRUSQUE.
CE QUE J'AI ?
ALORS TU NE COMPRENDS TOUJOURS PAS...
HEIN ?
SHITARA...?
JE TE L'AI DIT TOUT À L'HEURE.
C'EST DE TA FAUTE.

SHI...
SHITARA !
ATTENDS !
SHITA-RA !
MA MAIN ...
TU ME FAIS MAL !
OH...
STOP
LA PLUIE S'EST ARRÊTÉE.
DOMMAGE.
J'AURAIS AIMÉ POUVOIR PARTAGER ENCORE UN PEU CE PARAPLUIE AVEC TOI !

TU NOUS AS TIRÉ UNE BELLE ÉPINE DU PIED, KAJI. MERCI.
DE RIEN. MAINTENANT, JE DOIS Y ALLER.
OK.
FAIS ATTENTION À TOI.
AU REVOIR !
VLAM
ガチャ
LA POISSE ! JE SUIS MÉGA EN RETARD !
ABE A DÛ DEMANDER DE MA PART À KOTORI DE M'ATTENDRE, MAIS AVEC CETTE PLUIE...
... IL Y A DES CHANCES POUR QU'ELLE NE SOIT PLUS LÀ.
...
QU'EST-CE...
... QUE JE RACONTE ?
BIEN SÛR QU'ELLE SERA LÀ !

QUE ...?!
COMMENT PEUX-TU DIRE QUE ÇA VA ? TU AS VU LA TÊTE QUE TU FAIS ?
M...
MAIS...
ALLEZ. ON Y VA.
SHITARA !
IL N'Y A PAS DE "MAIS" ! C'EST DE TA FAUTE !
?!

EN RESTANT SOUS LA PLUIE COMME ÇA, TU VAS ATTRAPER FROID.
ALLONS NOUS METTRE À L'ABRI QUELQUE PART.
D'AC-CORD ?
...
ÇA... ÇA VA.
ET PUIS... JE DOIS IMPÉRATI-VEMENT RESTER ICI.
CE N'EST QU'UNE PETITE PLUIE DE RIEN DU TOUT.
YUKITO...
... A PROMIS...
... QU'IL SERAIT LÀ.
IL VEUT QUE JE L'ATTENDE.
TAC
グイッ

YUKITO...
VIENS !
VITE !
SI TU VEUX MON AVIS, IL NE VIENDRA PLUS.
HEIN ?

QUEL HASARD ! JE N'IMAGINAIS PAS QUE JE TOMBERAIS SUR TOI.
J'ÉTAIS VENU AVEC DES AMIS, MAIS JE ME SUIS ÉGARÉ.
A… AH BON…
ET TOI, KOTO-RI ?
JE CROYAIS QUE TU DEVAIS VENIR AVEC QUELQU'UN ?
TOI AUSSI, TU T'ES PERDUE ?
EUH… N… NON.
CE N'EST PAS ÇA…
…

SHI...
SHITARA ?!
MAIS COMMENT ...?

A ROMANTIC LOVE STORY 10
38TH LESSON

YU...
YUKI...
METS-TOI À L'ABRI. TU VAS PRENDRE FROID.

KWI
ギュ…
ポン
PAT
!

たこ焼
たこ焼
祭

JE SUIS…
OUPS !
VOILÀ QUE JE RECOMMENCE À BROYER DU NOIR !
CLAC
PLOC
… TELLEMENT PRESSÉE DE LE VOIR…
OH…
OH NON !
IL PLEUT !
PARTONS D'ICI !
ALLONS NOUS ABRITER.
ATTENDEZ-MOI !

IL EST DÉJÀ PLUS DE 20H...
20:17
* MAÏS
...

YUKITO A PROMIS QUE MÊME EN RETARD, IL SERAIT LÀ.
IL COMPTE SUR TOI POUR L'ATTENDRE.
IL VOULAIT QUE TU LE SACHES.
HEIN ?
SUR CE...
... FAIS ATTENTION À TOI !
OUI ...
J'ESPÈRE ...
... QU'IL NE PLEUVRA PAS...

EUH...
ALLEZ-Y, PARTEZ DEVANT. MOI, JE VAIS RESTER ICI JUSQU'À SON ARRIVÉE.
JE RESTE AVEC TOI.
NON, CE SERAIT DOMMAGE. VA T'AMUSER AVANT QUE LA PLUIE N'ARRIVE !
MOUAIS... L'IDÉE DE LAISSER UNE FILLE SEULE ICI NE ME PLAÎT PAS BEAUCOUP.
D'UN AUTRE CÔTÉ, EN RESTANT, ON RISQUE D'EMBARRASSER KOTORI ET YUKITO.
ALLONS-NOUS-EN.
MAIS ...
TOUT IRA BIEN ! VU LE MONDE QU'IL Y A, JE NE CRAINS RIEN.
S'IL SE PASSE QUOI QUE CE SOIT, JE VOUS APPELLERAI !
SI UN TYPE LOUCHE T'APPROCHE, TU CRIES. OK ?
NE BOUGE PAS JUSQU'À NOTRE RETOUR.
ENTENDU !
KAJI.

HEIN ?
AH BON ?
OUAIS.
OUAIS.
JE VOIS.
DODOM
OK.
ENTENDU.
ALORS ?
IL Y A EU UN PROBLÈME À SON BOULOT. IL VA ÊTRE TRÈS EN RETARD.
OH NON !
QU'EST-CE QU'ON FAIT ALORS ?
ON NE VA PAS PASSER LA SOIRÉE ICI, QUAND MÊME ?
NON. IL A DIT QUE CE N'ÉTAIT PAS LA PEINE DE L'ATTENDRE.
HEIN ?

IL EN MET, UN TEMPS, YUKITO...
...
ON DIRAIT QU'IL VA PLEUVOIR.
TU AS RAISON !
PILILI-LILI
MON TÉLÉ-PHONE SONNE !
PILILI-LILI
ÇA DOIT ÊTRE LUI.
BIP
ALLÔ ?
HM.
OUI.

OUAH !
ÇA CRAINT ! IL EST DÉJÀ PRESQUE 35 !
SI JE ME DÉPÊCHE DE ME CHANGER ET QUE JE COURE, ILS SERONT PEUT-ÊTRE ENCORE LÀ ?
KAJI !
TU N'ES PAS ENCORE PARTI ! TANT MIEUX !
QUE SE PASSE-T-IL ?
LE GARÇON QUI DEVAIT PRENDRE TA SUITE EST MALADE. IL NE PEUT PAS VENIR.
JE SUIS DÉSOLÉ DE TE DEMANDER ÇA, MAIS... TU NE POURRAIS PAS RESTER UN PEU PLUS CE SOIR ?
HEIN ?

IL AURA PEUT-ÊTRE DU RETARD...
LE PAUVRE. ÇA DOIT ÊTRE ÉPUISANT, DEUX JOBS EN MÊME TEMPS.
J'AI TELLEMENT ENVIE DE LE VOIR... J'AI TELLEMENT ENVIE QU'IL VOIE MON YUKATA...
ET EN MÊME TEMPS, JE NE PEUX PAS M'EMPÊCHER...
... DE ME SENTIR UN PEU ANXIEUSE...

ALORS QUE MOI, MÊME EN CASSANT MA TIRELIRE POUR ME PAYER UN YUKATA UN PEU CHER...
... J'AI JUSTE L'AIR D'UNE GAMINE.
AH, JE COMPRENDS, MAINTENANT !
TOUT S'EXPLIQUE.
?
CE QUE TU M'AS DEMANDÉ LA DERNIÈRE FOIS, C'ÉTAIT POUR LE YUKATA !
HEIN ?
TU L'AS PRIS BLANC, COMME SA COULEUR PRÉFÉRÉE.
A... ABE ! QUE... QU'EST-CE QUE TU INSINUES ...?
HA HA HA !
J'ESPÈRE QU'IL SE RENDRA COMPTE DE L'INTENTION.
OUUUH ...
OUI. TU AS RAISON.
À PROPOS DE YUKITO, COMMENT SE FAIT-IL QU'IL NE SOIT PAS ENCORE LÀ ?
IL A DIT QU'IL AVAIT UN DEUXIÈME TRAVAIL JUSQU'À 18H30 AUJOURD'HUI.
IL AURA PEUT-ÊTRE UN PEU DE RETARD.
PFFF... BON, TANT PIS. ATTENDONS-LE, ALORS.

FIOUH...
JE ME SENS UN PEU TENDUE ...
DIS DONC, ILS POUSSENT VITE, TES CHEVEUX !
C'EST UNE PERRUQUE, ANDOUILLE.
...
NATSUME EST DÉCIDÉMENT TRÈS BELLE.
TOUT LE MONDE SE RETOURNE SUR SON PASSAGE.

ナナ***
フランクフルト**
たこ焼*
* TAKOYAKI = BOULETTES DE PÂTE FOURRÉES À LA PIEUVRE - UN CLASSIQUE DES FESTIVALS D'ÉTÉ
** SAUCISSES
*** BANANES
IL N'Y A PAS À DIRE, C'EST BEAU, LES FILLES EN YUKATA**** !
**** YUKATA = SORTE DE KIMONO LÉGER QU'ON PORTE EN ÉTÉ
UN RÉGAL POUR LES YEUX !
祭
祭*****
***** LANTERNES PORTANT LE SYMBOLE MATSURI, SIGNIFIANT "LA FÊTE" (ORIGINELLEMENT, EN L'HONNEUR DES ESPRITS)

COMPRIS.
AH !
AU FAIT !
JE VOULAIS TE DEMANDER UNE CHOSE, ABE.
À MOI ?
YUKITO… IL AIME QUELLE COULEUR ?

JE NE SAIS PAS CE QUE ÇA DONNERA...
... MAIS JE FERAI MON POSSIBLE POUR ME RÉCONCILIER AVEC YUKITO.
PAT
PAT
A... ABE ?!
PLUS ÇA VA, PLUS TU PARVIENS À EXPRIMER TES SENTI-MENTS.
ÇA FAIT PLAI-SIR À VOIR.
FAIS PAREIL QUAND TU SERAS FACE À YUKITO.

COMME …
COMME SI J'AVAIS BESOIN DE TE LE DIRE…
HA HA HA !
EN EFFET.
EN TOUT CAS, MERCI.
HEIN ?
JE SUIS NAVRÉE POUR LE SOUCI QUE JE VOUS AI CAUSÉ À TOUS.
MAIS SI VOUS N'AVIEZ PAS ÉTÉ LÀ, JE N'AURAIS JAMAIS RÉUSSI À FRANCHIR LE PAS.
ALORS MERCI.

KING
...
QU'EST-CE QUI LUI ARRIVE ? IL N'EST PAS COMME D'HABITUDE.
TIENS ? KAJI !
YO !
QU'EST-CE QUE TU AS ? TU EN FAIS, UNE TÊTE !
A... ABE ?
QU'EST-CE QUE TU FAIS ICI ?
JE PASSAIS DANS LE COIN. J'EN AI PROFITÉ POUR VENIR TE TRANSMETTRE L'HEURE ET L'ENDROIT DU RENDEZ-VOUS, POUR SAMEDI.
MAIS...
JE NE TE DÉRANGE PAS, J'ESPÈRE ?
NON, JE SUIS EN PAUSE.
SUPER.
ALORS ?
TU AS INVITÉ QUELQU'UN ? HM ? QUI ?
EUH...

...
AH BON.
HEIN ?
SHI...
SHITA-RA...?
TANT PIS.

UNE QUESTION ?
GLOUPS
JE ME SENS ENCORE PLUS TENDUE !
LE WEEK-END PROCHAIN, IL Y A UN FESTIVAL D'ÉTÉ.
JE VOULAIS JUSTE SAVOIR SI ÇA TE DIRAIT D'Y ALLER AVEC MOI.
HEIN ?
ÇA NE TE TENTE PAS ?
EUH...
EH BIEN...
JE SUIS DÉSOLÉE, MAIS...
... J'AI DÉJÀ PROMIS D'Y ALLER AVEC QUELQU'UN D'AUTRE...

JE PRENDS MA PAUSE.
KOTORI !
* MENU SPÉCIAL ÉTÉ !
JE PEUX TE PARLER UNE MINUTE ?
JE...
JE T'ÉCOUTE...
NE SOIS PAS SI TENDUE.
JE VEUX JUSTE TE POSER UNE PETITE QUESTION.

TU ES TOUT ROUGE.
COMME C'EST MIGNON.
N... NON, CE N'EST PAS ÇA...
GRRR ! ÇA VA, HEIN !
TU ES VENUE JUSTE POUR TE MOQUER ?
MAIS NON. JE ME DEMANDAIS SIMPLEMENT SI TU ALLAIS PASSER TON PERMIS LE JOUR DE TON ANNIVER-SAIRE.
HEIN ?
SI C'EST LE CAS, TU AS INTÉRÊT À COMMENCER L'AUTO-ÉCOLE AU MOINS UNE SEMAINE AVANT LA DATE.
POUR LE TIMING.
AH...
?
HI HI !
EN TOUT CAS, MOI, SI J'ÉTAIS TA COPINE ET QUE J'APPRENAIS QUE TU AVAIS PASSÉ TON PER-MIS LE JOUR DE TON ANNIVERSAI-RE JUSTE POUR POUVOIR M'EM-MENER FAIRE UN TOUR, ÇA ME FERAIT QUELQUE CHOSE.
?!
CROIS-MOI.
BAH.
BON COURAGE, EN TOUT CAS !
HEIN ?!
ELLE SE FICHE DE MOI.
ET PUIS... QU'EST-CE QU'ELLE SAIT, AU JUSTE ?
SES PETITES PIQUES, ÇA NE PEUT PAS ÊTRE INNOCENT !
C'EST MALIN... J'AI LA PRESSION, MAINTE-NANT !
TELLEMENT ELLE A MIS DANS LE MILLE !

* PASSER SON PERMIS MOTO

HAUT LES CŒURS !
ESSAYONS DE PENSER À DES CHOSES RÉJOUISSANTES.
COMME PAR EXEMPLE, LES VÊTEMENTS QUE JE VAIS PORTER POUR LE FESTIVAL !
HAUT LES CŒURS !
CE N'EST PAS LE MOMENT DE DÉPRIMER.
ÇA NE SERVIRA À RIEN DE LUI DÉVOILER MES SENTIMENTS SI C'EST POUR REFAIRE LES MÊMES ERREURS QU'AUPARAVANT.
GROUILLE-TOI D'ALLER DANS TA CHAMBRE.
JE VAIS ME FAIRE AUSSI BELLE QUE POSSIBLE...
... ET Y ALLER AVEC LE SOURIRE.
JE VEUX POUVOIR DE NOUVEAU ÊTRE AUPRÈS D'ELLE...
JE DOIS ÊTRE PLUS EN PHASE AVEC MOI-MÊME.

TU AS ACCEPTÉ LA VÉRITÉ SUR TES SENTIMENTS.
OUI.
C'ÉTAIT ÇA QUE TU VOULAIS ME DIRE AVEC L'EXEMPLE DE L'OS : IL FAUT APPRENDRE À ÊTRE EN PHASE AVEC SOI-MÊME. SE DÉBARRASSER DES COUCHES SUPERFICIELLES ET ACCEPTER LES CHOSES TELLES QU'ELLES SONT RÉELLEMENT. C'EST BIEN ÇA ?
QUELLE QUE SOIT LA RÉPONSE, DÈS LORS QU'ELLE VIENT DU PLUS PROFOND DE TOI...
... CE SERA TOUJOURS LA BONNE.
JE...
... COM-PRENDS.
IL VA DÉCIDÉMENT FALLOIR QUE JE SONGE...
... À ME FAIRE SOI-GNER.
...

POURTANT... QUAND BIEN MÊME CE SERAIT LE CAS, JE VEUX LUI DIRE CE QUE JE RESSENS. PEUT-ÊTRE QUE ÇA NE SERVIRA À RIEN. MAIS... JE DOIS LE FAIRE.
SUU
KENKEN...!
JE VOIS QUE TU AS TROUVÉ TA RÉPONSE.

... IL SE POURRAIT...
... QUE CE SOIT...
... EN RAPPORT AVEC SHITARA !
JE ME DEMANDE...
... SI C'EST QUELQUE CHOSE...
... DE POSITIF...
J'AI DÉCIDÉ DE SORTIR AVEC SHITARA.
QUOI ?
SI C'ÉTAIT POUR ME DIRE ÇA...
... CE N'ÉTAIT PAS LA PEINE DE VENIR...
JE ME SUIS TROUVÉ QUELQU'UN. NE M'APPELLE PLUS.
QUOI ?!
CE N'EST PAS VRAI. JE T'AI BIEN EU.
ÇA POURRAIT SE PASSER COMME ÇA ?
BIEN FAIT POUR TOI !
...
GENRE... ELLE ME JETTE DE BIEN HAUT POUR QUE JE ME FASSE ENCORE PLUS MAL EN TOMBANT...
HIN HIN !
...
IL S'EST TROUVÉ QUELQU'UN... C'EST BIEN CE QU'UNE DES FILLES DU LYCÉE AVAIT DIT...

...
CLAC
バタン
...
CLAC
バタン
QUELQUE CHOSE À ME DIRE ...
EST-CE QUE ÇA VEUT DIRE QUE JE PEUX ESPÉRER...? OU AU CONTRAIRE...

SHITARA ?
QU'EST-CE QUE TU FABRIQUES COLLÉ CONTRE CETTE PORTE ?
* BOISSONS DE L'ÉTÉ
EUH...
RIEN.
AU FAIT, TU TOMBES BIEN. IL Y AVAIT UNE CHOSE QUE JE VOULAIS TE DEMANDER.
QUOI DONC ?
ALLONS LÀ-BAS POUR DISCUTER.

MOI AUSSI.
MOI AUSSI, IL FAUDRA QUE JE TE DISE UNE CHOSE.

A...
AH BON.
OU... OUAH... JE... JE SUIS...
... ROUGE COMME UNE TOMATE !
IL...
IL Y A UNE CHOSE QUE J'AIMERAIS TE DIRE... QUAND NOUS SERONS LÀ-BAS.
...
MÊME SI JE NE SUIS PAS VRAIMENT PRÊTE PSYCHOLOGIQUEMENT... IL FAUT QUE JE LUI DISE CE QUE JE RESSENS !

D'A...
D'AC-CORD.
* À FAIRE - SHIFTS - CONGÉS
OUF
SU... SUPER.
À... À TOI, MAINTENANT. QU'EST-CE QUE TU VOULAIS ME DIRE ?
HEIN ?!
ARGH !
EUH...
JE...
JE VOULAIS TE DEMANDER EXACTEMENT LA MÊME CHOSE...

QU'EST-CE QUE...
... TU EN DIS ?
« TU VOUDRAIS M'ACCOMPAGNER AU FESTIVAL SAMEDI PROCHAIN ? »

A ROMANTIC LOVE STORY 10
37TH LESSON

PERSONNAGES

Yukito Kaji

Sa naïveté et son grand cœur contrastent avec les rumeurs de passé trouble qui couraient au début de l'année. Il est aussi populaire auprès des filles que des garçons – mais pas pour les mêmes raisons.

Kotori Kaji

Après de nombreux petits amis virtuels, elle en a enfin trouvé un bien réel en la personne de Yukito. Hélas... les choses sont moins faciles en vrai que dans les jeux vidéo !

Shitara

Garçon travaillant avec Yukito et Kotori. Par le passé, il a proposé à Kotori de sortir avec lui.

Matsushima

Amie de Yukito depuis le collège. Elle passe son temps à se coller à lui, comme si Kotori n'existait pas.

INTRODUCTION

Kotori est à la fois anxieuse et heureuse d'aller au festival d'été avec **Yukito**, car elle compte lui avouer qu'elle l'aime encore et qu'elle voudrait redevenir sa petite amie ! Ignorant que ses sentiments sont réciproques, notre héroïne décide de tout mettre en œuvre pour être aussi belle que possible... Hélas, à l'heure du rendez-vous, Yukito n'est pas là...

SOMMAIRE

Kaho Miyasaka

A ROMANTIC LOVE STORY 10